VENTE du Samedi 13 Juin 1908

HOTEL DROUOT — SALLE N° 7

N° 22 du Catalogue.

ESTAMPES
Anciennes et Modernes

DESSINS

M° ANDRÉ DESVOUGES
26, Rue de la Grange-Batelière

M. LOYS DELTEIL
2, Rue des Beaux-Arts

IMPRIMERIE

FRAZIER-SOYE

153-155-157, Rue Montmartre

PARIS

CATALOGUE

DES

ESTAMPES

ANCIENNES

ET MODERNES

ET DES

DESSINS

———

Dont la vente aura lieu

à Paris, **HOTEL DROUOT**, Salle N° 7

Le Samedi 13 Juin 1908

à 2 heures précises

———

Par le ministère de M° ANDRÉ DESVOUGES
Successeur de M° MAURICE DELESTRE

COMMISSAIRE-PRISEUR

26, Rue de la Grange-Batelière

Assisté de M. LOYS DELTEIL, Artiste-Graveur, Expert
2, Rue des Beaux-Arts

CONDITIONS DE LA VENTE

Elle sera faite au comptant.

Les adjudicataires paieront *dix pour cent* en sus des enchères.

M. Loys Delteil remplira les commissions que voudront bien lui confier les amateurs ne pouvant y assister.

MM. les amateurs pourront visiter la collection, 2, *rue des Beaux-Arts*, du Mardi 9 au Vendredi 12 Juin 1908, de 2 heures à 5 heures.

DESIGNATION

ESTAMPES

Ire PARTIE

BAUDOUIN (d'après P. A.)

1. Les Heures du Jour. Suite de quatre pièces, par E. De Ghendt. Belles épreuves de tirage postérieur.

BOILLY (d'après L.)

2. *Hony soit qui Mal y pense*, par J. Bonnefoy. Très belle épreuve.

BOIVIN (René)

3. Vases — Ornements. Cinq pièces. Belles épreuves.

BOREL (d'après A.)

4. L'Abandon voluptueux, par Dennel. Belle épreuve.

5. Vous avez la clef, mais il a trouvé la serrure, par Anselin. Bonne épreuve, *doublée*.

BOUCHER (d'après F.)

6. Naïades et triton, par Demarteau. Très belle épreuve, tirée en *sanguine*.

BUHOT (Félix)

7. Email de Jean Pénicaud, état (G. B. 25) — La Maison d'Orléans, à Valognes (65) — Têtes de Bretons (80), très rare — Un Vieux Chantier à Rochester (147), épr. de la pl. *biffée*. Trois pièces. Belles épreuves.

8. Vignettes pour l'*Ensorcellée*, de Barbey d'Aurevilly (85-90). Suite complète de 6 pièces, en triple état, croquis ou marges symphoniques, avant toute lettre et avant la lettre, soit 18 pièces. Très belles épreuves *timbrées*.

9. Projet de Frontispice pour l'*Ensorcellée*, 2 dessins à la sanguine.

10. Vignettes pour le *Chevalier Destouches*, de Barbey d'Aurevilly (91-95). Suite complète de 5 pièces, en triple état, avec les marges symphoniques, et avant la lettre, sur japon ou vergé. Très belles épreuves, *timbrées*. On y a joint un croquis à la plume, pour la 1re vignette.

11. Vignettes pour une *Vieille Maîtresse*, de Barbey d'Aurevilly (99-108). Suite complète de 10 pièces, en triple état, avec marges symphoniques, et avant la lettre, japon ou vergé. Très belles épreuves, *timbrées*. On y a joint un croquis, projet de frontispice.

12. Vignettes pour les *Lettres de mon Moulin*, de A. Daudet (109-113). Suite complète de 5 pièces, en triple état, avec les marges symphoniques, et avant la lettre, sur japon ou vergé. Très belles épreuves, *timbrées*.

13. Un grain à Trouville (122). Très belle épreuve, *signée*.

14. L'Hiver à Paris (128). Très belle épreuve d'état, *signée* et *timbrée*.

15. La Place Pigalle en 1878 (129). Très belle épreuve, *signée*.

16. Débarquement en Angleterre (130). Contre épr., *timbrée.*

17. Une Jetée en Angleterre (132). Très belle épreuve, avec les croquis, *timbrée.*

18. La Dame aux Cygnes (144). Deux très belles épreuves *timbrées*, une sur parchemin.

19. L'Orage, d'apr. Constable (145). Très belle épr., *timbrée.*

20. Le Peintre de marine (146). Très belle *épreuve d'essai, signée* et *timbrée.*

21. Les petites Chaumières (149). Très belle épreuve, *timbrée.*

22. Les grandes Chaumières (150). Très belle épreuve, chargée de barbes, *signée* et *timbrée.*

23. Les Bergeries (151). Très belle épreuve, *signée* et *timbrée.* On y a joint une lettre autographe de Buhot, avec croquis, relative à cette planche.

24. La Chapelle St Michel à l'Estre (152). Très belle épreuve sur papier ancien, *signée* et *timbrée.*

25. Westminster Palace (155). Très belle épreuve, *timbrée.*

26. Westminster Bridge (156). Très belle épreuve du 1ᵉʳ état, sur papier essencé, retouchée à la craie.

27. La même estampe. Très belle *épreuve de choix,* signée et timbrée.

28. Environs de Gravesend (157). Très belle *épreuve d'essai,* sur japon, *signée* et *timbrée.* On y a joint un fac-simile de dessin de Buhot, du même · motif.

29. Convoi funèbre au Bᵈ Clichy (159). Superbe épreuve *imp. en couleurs,* avec rehauts, *signée* et *timbrée.*

30. Le Hibou (161). Deux très belles épreuves des 2ᵉ et 3ᵉ états (sur 4) une avec *dédicace.*

31. La Messe de Minuit (169). Superbe *épreuve d'essai*, *signée* et *numérotée* (7).

32. L'Eglise de Jobourg (170). Superbe épreuve du 1ᵉʳ état. *signée*.

CARESME (d'après Ph.)

33. Le Marchand d'orviétan — La Troupe ambulante des rues de Paris. Deux pièces par L. M. Bonnet, se faisant pendants. Belles épreuves *imp. en couleurs* (sans marges). Encadrées.

CHAPUY (J. B.)

34. Vue perspective du Champ de Mars jour du Serment civique, d'apr. Le Roy, 1790. Très belle épreuve, *imp. en couleurs*.

CHAUVEL (Th.) -- JACQUEMART (J.)

35. La Culture des tulipes, d'après Hitchcock — Défilé des Populations lorraines à Nancy, d'après E. Meissonier. Deux pièces. Très belles épreuves, une *avant la lettre*, sur parchemin.

DÉ (Maître au)

36. Sᵗᵉ Barbe (B. 12) — Sᵗᵉ Madeleine (13) — Sᵗ Sébastien (14) — Sᵗ Roch (15). Quatre pièces. Belles épreuves.

37. L'Envie chassé (17) — Cybèle (18) — Histoire d'Apollon et de Daphné (19-22). Six pièces. Belles épreuves.

DIVERS

38. L'Enfant du Régiment — Négligence, par Egerton -- Alexandre Iᵉʳ, par W. Heath, 1814 — *Street Characters*, nᵒ 4, par Peake — Intempérance — Parisian Promenaders, par Peake — Ars musica. Sept pièces. Belles épreuves, *coloriées*.

39. l a Madeleine, par R. Morghen, *avant la lettre* —
Tête de Femme, par Potémont — G. Washington,
par Felsing, d'apr. Longhi — Essai, par Millet —
Allégorie, par Jeanson — M** Hartley. Six pièces.

40. Intérieurs de Monuments antiques. Deux estampes, *enluminées*.

41. S** Famille, par Longhi, épre ives d'état — Mars et
Vénus, par Trière, d'apr. A. de Crayer — Portraits — Imagerie populaire, 21 pièces.

DYCK (Ant. van)

42. Erasme (D. 4). Belle épreuve.

ÉCOLE ANCIENNE (xvi° siècle)

43. Sujets religieux et mythologiques. Dix pièces par
Beatrizet, L. Daven et Mantigne (héliogravure),
etc. Belles épreuves.

ÉCOLE FRANÇAISE (xviii° siècle)

44. Le Curieux, par Maleuvre, d'apr. Baudouin — La
Pantoufle, par Nerbé — La Nymphe fustigée.
Trois pièces, une *coloriée*.

GAILLARD (C. F.)

45. L'Homme à l'œillet, d'apr. Van Eyck (H. B. 25).
Belle épreuve, *avant la lettre*.

46. Le Crépuscule, d'apr. Michel-Ange (52). Épreuve
avant la lettre, sur japon.

47. La sœur Rosalie (48). Très belle épreuve sur chine.

GAUJEAN (E.)

48. La Vierge entre S* George et S* Donatien, d'apr.
Van Eyck. Très belle épreuve avec *remarque*,
sur parchemin, *signée* et *timbrée*.

49. Famille de Chats, d'apr. E. Lambert. Très belle
épreuve, *avant la lettre*.

GELLÉE (Claude)

50. Le Troupeau à l'abreuvoir (R. D. 4). Très belle
épreuve.

GŒNEUTTE (Norbert)

51. La Modiste (15) — Le Sommeil (82) — Jeune Femme
sur un canapé. Trois pièces. Belles épreuves.

GRANDVILLE (J. J. I.)

52. LES MÉTAMORPHOSES DU JOUR, 1829 — Paris, Bulla,
couverture illustrée (recto), préface et suite complète de 73 pl. (on y a joint 6 pl. diverses) réunies en 1 alb. in-4° obl., dem. rel. coins. Belles
épreuves, *coloriées*.

GUÉRARD (Henry)

53. Vase en cristal de roche — Coupe en cristal de
roche — Folies-Bergère, d'apr. Manet. Trois
pièces. Très belles épreuves, avant la lettre.

HADEN (F. Seymour)

54. Egham Lock (R. D. 15). Très belle épreuve.

55. La Tamise à Battersea (45). Très belle épreuve du
1ᵉʳ état.

HOGARTH (W.)

56. Before and after (108-109). Deux pièces se faisant
pendants. Belles épreuves. On y a joint des
copies, soit quatre pièces.

HUCK (J. G.)

57. Avénement de Louis XVI au Throne de France.
1794. Grand in-fol. Belle épreuve.

Nᵒˢ 11 du Catalogue.

HUNT (Leigh)

58. Le Moulin — Port de Rotterdam. Deux pièces. Très belles épreuves, *signées*.

JANINET (J. F.)

59. L'Amour, d'après H. Fragonard. Belle épreuve, *imp. en couleurs* (remmargée).

60. Vénus en réflexion, d'apr. Charlier. Très belle épreuve, *imp. en couleurs.*

61. Vue du Champ de Mars, le 14 Juillet 1890 (Fête de la Fédération), d'apr. Meusnier. Belle épreuve, *imp. en couleurs.*

JONGKIND (J. B.)

62. Moulins de Hollande (14), épreuve sur japon, la lettre effacée.

63. Soleil couchant, port d'Anvers (15). Belle épreuve, sur japon.

LALANNE (M.) — LALAUZE (A.)

64. Vue générale de Bordeaux, fac-simile *signé* — La Vérité, d'apr. Baudry, *avant la lettre.* Deux pièces.

LANCRET (d'après N.)

65. Les Saisons, par E. Champollion. Suite de quatre pièces. Belles épreuves, *avant la lettre*, sur chine.

LAUTREC — IBELS

66. Le Café-Concert, texte de G. Montorgueil, couverture, texte et 21 pl. en double exempl. (japon et vélin), soit 42 pl.

LAURENCE (d'après sir Th.)

67. Têtes d'Enfants. Six pièces. Très belles épreuves, *avant la lettre*, légèrement enluminées.

MANET (Ed.)

68. Le Fleuve (E. M.-N. 23-30), 8 eaux-fortes en 1 vol. in-4° cart. (Exempl. de presse, signé de Cros et de Manet).

69. Polichinelle (87). Belle épreuve, *imp. en couleurs*.

MEISSONNIER (d'après E.)

70. Le Dessinateur, par Gery-Richard — Le Liseur, par Le Rat — Le Docteur, par Pigeot. Trois pièces. Belles épreuves, *avant la lettre*.

MERCURI (P.) — ROBIDA (A.)

71. Colomb (Christ.). Très belle épreuve, *avant la lettre*, sur chine — Montaigne, épr. avec *remarque*. Deux pièces.

MERYON (Ch.)

72. San-Francisco (L. D. 73). Belle épreuve.

NAPOLÉON Ier (Estampes relatives à)

73. Napoléon Bonaparte, par Zehcavel, d'apr. R. Lefevre. Belle épreuve, *imp. en couleurs* (frottée).

74. Bonaparte donnant la Paix à l'Europe, par F. A. David, 1803. Deux belles épreuves, une *avant la lettre*.

75. Triomphe de la Constitution de l'an VIII — Triomphe de Bonaparte. Deux pièces par A. F. David, se faisant pendants. Belles épreuves, *avant toute lettre*.

76. Suite de 4 planches in-fol., relatives au Mariage de Napoléon Ier et de Marie-Louise, par C. Lasinio, d'apr. Sold aîné et Volpini. Belles épreuves. Rares.

77. Bonaparte, Premier Consul de la République Française, par Tassaert, d'apr. Hennequin (cassures).

78. Napoléon, par S. Cousins, d'apr. R. Lefevre — Triomphe de Napoléon, par Salmon, d'apr. Ingres. Deux pièces. Belles épreuves, *avant la lettre*.

79. Bonaparte in London, par Roberts — Ah! papa, tu t'es fait... - Napoléon Bonaparte, 1815 (Londres, chez Evens) — Bouclier Français, par Charon — Bonaparte, par C. Nanteuil. Cinq pièces. Belles épreuves, 4 *coloriées*.

PERNET (d'après)

80. Pavillons et Ruines, 9 petits médaillons sur le même cuivre, par L. Guyot. Superbe épreuve, *imp. en couleurs*. Rare.

PETERS (d'après W.)

81. Lydia, par W. Dickinson, 1824. Très belle épreuve.

PIRANESI — SCLOPIS

82. Colonne Trajane — Vue générale de Naples, 1764, en 3 feuilles - Naples, du côté de Chiaja, en 3 feuilles. Belles épreuves.

RAIMONDI (M. A.)

83. Triomphe de Galathée, d'apr. Raphaël, copie. Très belle épreuve.

REPRODUCTIONS

84. La Comparaison — Les Espiègles — Ah! laisse-
moi donc voir. Trois reproductions Lemonnyer,
d'apr. Janinet et Descourtis.

RIGAUD (d'après J.)

85. Vues de Paris, de Versailles, Fontainebleau, Mar-
seille, etc., 26 pl. par Tinney, Angier, Morris,
etc., réunies en 1 alb. in-fol. obl. cart. Très
belles épreuves, *enluminées*.

ROUSSEAU (Estampes relatives à J. J.)

85 *bis*. Monument projeté à la Gloire de J. J. Rousseau, par Née — Aux Mânes de Rousseau, par
Vidal, d'apr. Monnet — Les Dernières paroles
de J. J. Rousseau, par Guttenberg, d'apr. Moreau
le jeune — La Philosophie découvrant la Vérité,
par Gautier, d'apr. Boizot — Aux Mânes de Rousseau, par Maleuvre. Cinq pièces. Belles épreuves.

ROWLANDSON

86. La Toilette pour le Bal masqué, 1788. Belle
épreuve, *coloriée* (sans marges).

SCHIAVONETTI (L.)

87. *The Last Interview Between Lewis the Sixteenth
in the Temple*, d'apr. Benezech. Grand in-fol.
Belle épreuve.

STORM DE GRAVESANDE (Ch.)

88. Port de Honfleur. Très belle épreuve sur japon.

STRANGE (Robert)

89. L'Annonciation, d'apr. G. Reni — Vénus, d'apr.
Titien. Deux pièces. Belles épreuves.

TISSOT (J. J.)

90. Ten Etchings by J. J. Tissot, Londres, 1876 —
1 alb. in-fol., contenant les 10 planches suivantes :
Frontispice (auberge des trois corbeaux), Querelle d'amoureux, Le Chapeau Rubens, Sur la
Tamise, Pradel, A la Fenêtre, Miss L.., le Premier soldat tué, Ramsgate, la Galerie du Calcutta. Très belles épreuves (quelques piqûres à
plusieurs planches).

91. La Convalescente (11. B. 1). Deux très belles
épreuves, une du 1ᵉʳ état.

92. Le Chapeau Rubens (2). Deux épreuves, une de la
pl. rayée.

93. Frontispices, 3 pl. différentes (4-5-6). Six pièces, y
compris un état et deux épreuves rayées.

94. Matinée de Printemps (7). Superbe épreuve.

95. Bastien Pradel (8), 2 épreuves — Périer (9), deux
épreuves, une de la pl. biffée. Quatre pièces.
Très belles épreuves.

96. Dormeuse (10) — Grande garde, souvenir du Siège
de Paris (34), 2 états. Trois pièces. Très belles
épreuves.

97. Miss B*** (14). Très belle épreuve sur japon.

98. Ramsgate (15). Superbe épreuve, *bon à tirer*.

99. La même estampe. Belle épreuve.

100. Miss L*** (Il faut qu'une porte soit ouverte ou
fermée) (16). Très belle épreuve, *signée* et
timbrée.

101. La même estampe. Très belle épreuve.

102. La Galerie du Calcutta (18). Superbe épreuve
d'état.

103. La même estampe. Très belle épreuve, *timbrée*.
On y a joint 3 épreuves d'état de la figure de
femme à l'éventail.

104. Miss N. ou la Frileuse (19). Deux très belles épreuves des 1ʳ et 2ᵉ états, la seconde sur japon.

105. Le Foyer de la Comédie Française pendant le Siège de Paris (20) — Campement au Parc d'Issy (33). Deux pièces. Très belles épreuves.

106. L'Auberge des trois corbeaux (22). Deux très belles épreuves, une *avant la pancarte*, l'autre *avant le ciel*.

107. Entre les deux mon cœur balance (23). Superbe épreuve.

108. Printemps (27). Très belle épreuve du 1ʳ état.

109. La même estampe. Très belle épreuve, *timbrée*.

110. Trafalgar Tavern, Greenwich (28). Deux très belles épreuves, une *avant le ciel*.

111. Le Crocket (29). Très belle épreuve.

112. Le Joueur d'orgue (30). Trois très belles épreuves, une *non terminée* et une de la pl. rayée.

113. Le Portique de la National Gallery, à Londres (32). Deux très belles épreuves, une du 1ʳ état.

114. L'Eté (35). Très belle épreuve.

115. Le Hamac (37). Trois très belles épreuves des 1ʳ, 2ᵉ et 3ᵉ états.

116. Au bord de la Mer (38). Superbe épreuve du 1ʳ état, *avant le fond*.

117. La même estampe. Superbe épreuve.

118. Garden party d'enfants (40). Deux très belles épr., une *non terminée*.

119. Sur l'Herbe (41). Trois très belles épreuves des 1ʳ, 2ᵉ et 3ᵉ états.

120. En plein soleil (45). Très belles épreuves d'état.

121. Soirée d'été (47). Superbe épreuve, *timbrée*.

122. Le petit Nemrod (74). Très belle épreuve, *avant la lettre*.

VERMEULEN (C.)

123. Constantini (A.), sous l'habit de Mezzetin, d'après F. de Troy. Belle épreuve (sans marge sur 3 côtés).

WALTNER (Ch. Alb.)

124. Jésus devant Pilate, d'après Munkacsy. Superbe et unique épreuve d'essai, sur parchemin, signée deux fois.

DESSINS

ALBERT (Alfred)

125. Washington — La Fayette. Deux aquarelles. Signées.

BOUCHER (d'après F.)

126. Jeune Femme étendue sur un lit. Pastel. Encadré.

CAMPEN (J. van)

127. Le Troupeau de vaches. A la plume, lavé d'encre de chine. Signé des initiales.

128. La Barque. A la pierre noire.

CANALETTO (Antonio)

129. La Danse des paysans. A la plume.

130. La Cascade. A la plume.

CHATELAIN

131. Lac de Zoug — Vallée de Lauterbrun, etc. Quatre dessins.

COUDER (A.)

132. Bataille de Lawfeld (Galeries de Versailles). A la mine de plomb. Signé.

DECAMPS (A. G.) ?

133. Napoléon. Aquarelle. Signée des initiales. Encadrée.

DELACROIX (Eugène)

134. Elie fuyant la colère de Jésabel. A la mine de plomb. Légende.

ECOLE DE CLOUET

135. Portrait d'Homme. Aux deux crayons.

ECOLES ANCIENNES

136. Sujets divers — Animaux — Paysages. Six dessins par ou attribués à S. Rosa, Schwinckhardt, Parmesan.

137. Sujets religieux et mythologiques. Huit dessins.

ECOLE FRANÇAISE (XVIIIe Siècle)

138. Pan et Syrinx. A la plume, rehauts d'encre de chine.

139. Portraits — La Pleureuse — Le Marchand de vinaigre. Quatre dessins.

GUERCHIN (F. Barbieri, dit le)

140. Etude de Femme — Etude de trois Figures. Deux dessins à la plume.

LACOUR (P.)

141. Allégorie à l'honneur du Cte d'Estaing. A la pierre d'Italie. Signé. Collection de Chennevières. On y a joint la gravure.

LA RUE (de)

142. Scènes mythologiques. Deux dessins à la plume, lavés de bistre.

MAAS (Dirk)

143. Paysage. Dessin rehaussé d'aquarelle. Signé.

MATSYS (Quentin) ?

144. Femme en prière. Sur papier platré. Au verso, étude de draperie.

NEUVILLE (Alph. de)

145. La Source, Metz, sept. 1870. Deux dessins. Timbre de la vente.

ROWLANDSON

146. La Querelle. A la plume. Signé. On y a joint deux gravures de Rowlandson, Léda, d'apr. M. Ange et *Rural Sports*.

SPILMAN (H.)

147. Le Bac. A l'encre de chine.

VANLOO (Carle)

148. Etude de Femme nue. A la sanguine.

VERSCHURING (Henri)

149. La Fontaine. A l'encre de chine. Signé.

N° 94 du Catalogue.

VOLTERRE (Daniel de) ?

150. Sainte en adoration.

WYNANTS (J.) ?

150 *bis*. Paysage. A l'encre de chine. Signé.

2ᵉ PARTIE

BAUDOUIN (d'après P. A.)

151. Marchez tout doux, parlez tout doux, par Choffard,
(E. B. 30). Superbe épreuve.

BOREL (d'après Ant.)

152. *Il était tems*, par Emery. Très belle épreuve.
Encadrée.

FRAGONARD (d'après H.)

153. Il le demande — Il le prend — Deux petites pièces
de forme ovale, par D. V***. Très belles épreuves
tirées en bistre. Encadrées.

FREUDEBERG (d'après S.)

154. La Complaisance maternelle, par N. de Launay.
Très belle épreuve.

155. Le Petit Jour, par N. de Launay. Belle épreuve.

GREUZE (d'après J. B.)

156. La Cruche cassée, par J. Massard. Belle épreuve.

QUEVERDO (F. M.)

157. La Toilette de la Mariée, d'apr. L. Lebrun. Belle
et rare épreuve. *avant toute lettre* (doublée).

TAUNAY (d'après)

158. Le Tambourin — La Rixe. Deux pièces, par C. M. Descourtis, se faisant pendants. Très belles épreuves, *imp. en couleurs*, à toutes marges (petites épidermures en marge).

VANLOO (d'après Carle)

159. La Confidence — La Sultane. Deux pièces par J. Beauvarlet, se faisant pendants. Très belles épreuves.

WILL Fils (d'après P. A.)

160. Le Miroir consulté, par G. Vidal. Très belle épreuve, *imp. en couleurs*. Encadrée.

3ᵉ PARTIE

ADAM (A. et V.) — LASNI (V.) etc.

161. Sujets de chasse, animaux, etc.. 82 pièces.

CADRES

162. Sous ce nᵒ il sera vendu neuf cadres en bois sculpté. *Ce nᵒ sera divisé.*

CHARLET (N. T.)

163. Costumes Militaires. 22 pl. Belles épreuves.

COROT (J. B. C.)

164. Dans les Dunes, souvenir du Bois de la Haye (A. R. 9). Belle épreuve (petite épidermure).

COSTUMES

165. Costumes des Représentants du Peuple Français, frontispice et 15 pl. par Labrousse, d'apr. S' Sauveur. Belles épreuves, *coloriées*.

DAUMIER - GAVARNI

166. Scènes de mœurs et caricatures politiques, 88 pl. extraites du Charivari.

DAVESNE (d'après)

167. Les Prunes, par Vidal. Epreuve *imp. en couleurs*, sans marge. Encadrée, cadre en bois sculpté, à ruban.

DIVERS

168. Maison de S' Cyr, par Aveline — La Loge directoriale, par Renouard — Vénus, par Jazinski, d'apr. Botticelli — Mme de Maintenon, par Mercuri — Camoens, par Lignon. Cinq pièces.

169. Sujets divers et Paysages. Dix pièces par Houdard, Lalauze, Mauron, Chaigneau, etc., la plupart *avant la lettre, signées*.

170. Sujets divers et Portraits, 20 pl. par Calametta, Bonnat, Jacquet, Journot, Sirouy, la plupart *avant la lettre*.

171. Sujets divers, Vues, Paysages, 36 pl. par J. Bellanger, etc.

172. Quinze dessins, estampes et photographies, et 1 album. Les Loges du Vatican, par Lanfranc et Badalocchio.

173. Sujets divers et paysages, 100 pl. la plupart par Charlet.

174. Sujets divers — Paysages — Modes — Caricatures, 90 pl.

175. Sujets divers, Caricatures, Paysages, 120 pièces.

EAUX-FORTES MODERNES

176. Sujets divers et Paysages, 38 pl. par Haden, Ribot, Daubigny, Leys, Jacquemart, etc. Belles épreuves.

ÉCOLES ANCIENNES

177. Sujets divers — Portraits — Paysages, 52 pl.

178. Sujets divers et Paysages, 54 pièces in-fol.

179. Sujets divers, Portraits et Paysages, 68 pièces des XVIIe et XVIIIe siècles.

180. Sujets divers et Paysages, 89 pl. par Le Pautre, La Hyre, Poilly, S. Vouet, Van der Meulen, etc.

181. Sujets divers et Paysages, 170 pl. par ou d'après Sadeler, M. de Vos, etc.

182. Sujets divers et Paysages, 140 pièces.

183. Sujets divers, Armoiries, Frontispices et Paysages, 137 pièces.

184. Sujets divers, Paysages, Frontispices, etc., 125 pièces des XVIe au XVIIIe siècles.

GAVARNI

185. Masques et Visages, 100 pièces. Belles épreuves.

GREVEDON (H.)

186. Berry (D^{sse} de). Belle épreuve, *avant la lettre*.

HÉDOUIN — LEFORT — WALTNER

187. Mme X, d'apr. Chaplin — Ferdinand IV, d'apr. Laurens — Mrs Fitzherbert, d'apr. Reynolds. Quatre pièces *avant la lettre*, 3 sur japon.

HELLEU

188. La Tasse. Très belle épreuve, *signée*.

189. La petite Fille au chien. Très belle épreuve, *signée*.

190. Marguerite Brésil. Très belle épreuve, *signée*.

HUET (d'après J. B.)

191. Le Mouton chéri, par Demarteau. Epreuve manquant de conservation. Encadrée.

JACQUE (Ch.)

192. Ousse (455). Très belle épreuve, *dédicace*.

193. Sujets rustiques et Paysages. Six pièces. Belles épreuves.

JACQUEMART (J.)

194. Buste de Henri III. Belle épreuve, *avant la lettre*.

JONGKIND (J. B.)

195. Batavia (L. D. 13). Belle épreuve.

JONGKIND — LEPÈRE — HELLEU

196. Maaslins — L'Embarcadère, Bordeaux — Femme assise. Trois pièces.

MILLET (J. F.)

197. La Fileuse auvergnate (L. D. 20) — Fleur exotique· Deux pièces. Belles épreuves.

PORTRAITS

198. Portraits, 44 pl. par Jode, Meyssens, Hondius.

RAFFET

199. ALBUM DE 1830 : Les Adieux de la garnison (330) — Instruction publique (337) — ALBUM DE 1834 :

Prise du fort Mulgrave (378) — Plus de Patrie (382) — Le Portrait (383) — Pauvres Enfans... (387) — Dernière charge des lanciers rouges (388). Sept pièces. Belles épreuves.

200. Album de 1833 : Provins (366) — Baisez Papa (367) — Fidèle comme un Polonais (371) — L'Ingrat (373) — Sauve qui peut (375) — Le Curé belge (376). Six pièces. Belles épreuves du 1ᵉʳ tirage, sur chine.

201. Album de 1835 : Secourez la Vivandière (392) — La Dernière Charrette (393) — Carré enfoncé (399). Trois pièces. Belles épreuves du 1ᵉʳ tirage, sur chine.

202. Costumes Militaires, 1828. Neuf pièces. Belles épreuves.

203. Couvertures des Albums de 1830, 1833, 1834, 1835 et 1836. Six pièces.

204. Siège d'Anvers — Croquis et sujets divers, 13 pl.

RASSENFOSSE (A.)

205. La Belle Hollandaise. Très belle épreuve, *signée*. En marge, dessin au crayon noir, rehaussé d'aquarelle : Femme flamande.

VIGNETTES

206. Vignettes pour Molière, la Tasse, etc., 46 pl.

DESSINS

BREYDEL (attribué à)

207. Le Concert. A l'encre de chine.

DEMARNE (J. L.)

208. Le Calvaire. Peinture.

DIVERS

209. Vases — Sujets divers. Sept dessins.

210. Sujets divers et Paysages. Douze dessins anciens et modernes.

211. Sujets divers — Bataille — Armoiries — Paysages, etc. Quatorze aquarelles et dessins, deux attr. à Nicolle.

212. Sujets divers et Paysages, 15 dessins anciens.

213. Sujets divers et Paysages. Seize dessins anciens et modernes.

214. Sujets divers et Paysages. Seize dessins anciens.

215. Paysages. Dix-huit dessins anciens.

216. Sujets divers et Paysages, 21 dessins.

217. Sujets divers et Paysages. Vingt-neuf dessins anciens.

218. Sujets divers et Paysages. Une peinture et vingt-six dessins anciens.

219. Sujets divers, Vues, Paysages, 35 dessins.

220. Sujets divers et Paysages, 10 dessins.

ECOLE FLAMANDE (XVIIe Siècle)

221. L'Adoration des Mages. Peinture sur cuivre.

ECOLE FRANÇAISE (XVIIIe Siècle)

222. Portraits. Douze dessins.

ECOLE ITALIENNE (XVIe Siècle)

223. Etude d'Homme. A la sanguine.

JACQUE (Charles)

224. Une vieille Rue, 1836. Aquarelle. Signée des initiales.

NANTEUIL (C.) — HERST (A.), etc.

225. La Caresse — Paysage — Rue Soufflot, à Paris. Deux aquarelles et un dessin. Encadrés.

NICOLLE (V. J.)

226. La Madone — Le Pélerin — Monument. Trois aquarelles, deux *signées*.

NŒL

227. Portrait d'Homme. Au crayon noir. De forme ovale. Encadré.

228. Sous ce numéro il sera vendu des estampes et des dessins non catalogués.

SUPPLEMENT

ESTAMPE

REGNAULT (N. F.)

1. Le Lever. Belle épreuve, *imp. en couleurs*, sans marges.

DESSINS

GUYS (Constantin)

2. Le Cavalier. A l'encre de chine.

3. La Voiture de Gala. A l'encre de chine.

4. Intérieur de brasserie. A l'encre de chine.

5. Sur la route. A l'encre de chine.

6. Les deux cavaliers. A l'encre de chine.

7. Les quatre cavaliers. A l'encre de chine.

8. Promenade en voiture. A l'encre de chine.

9-10. Equipages. Deux dessins à l'encre de chine.

11. Soldat et Femme en promenade. A l'encre de chine.

IMPRIMERIE

FRAZIER-SOYE

153-157, rue Montmartre

PARIS